搞鬼

THE GROWNUP

Gillian Flynn

吉莉安・弗琳

施清真——譯

我之所以不再幫人打手槍，原因可不在於我不擅此道。我之所以不做了，其實是因為沒有人比我更行。

三年以來，放眼紐約、紐澤西、康乃狄克三州，沒有一個人的手藝足以與我比擬。幫人打手槍的時候，妳最好不要多想，這就是關鍵。妳若開始擔心技術問題，或是分析節奏和力道，妳就錯失了打手槍的基本要訣。妳必須事先做些心理準備，然後不再多想，信任妳的肢體，聽由妳的雙手接管。基本而言，那就像是揮桿打高爾夫球。

我幫人打手槍，一星期六天，每天八小時，中午休息吃個飯，而且預約時段全都額滿。我每年休假兩星期，而且從來不在節日工作，因為節日幫人打手槍，誰都不會開心。因此，據我估算，三年以來，我大約幫人打了兩萬三千五百四十六次手槍。那個臭婊子薛黛兒說我因為缺乏天分而不做了，妳可別聽她鬼扯。

當妳三年之中幫人打了兩萬三千五百四十六次手槍，所謂的「腕隧道症候群」可不只是說說罷了，而是千真萬確。正因如此，所以我不做了。

我老老實實走上這一行。說不定「自然而然」比較恰當。我這輩子始終沒做出什麼老實的事情。我是個城市小孩，被瞎了一隻眼睛的媽媽養大（這就是我回憶錄的開場白），她可不是一個討人喜歡的女士。她沒有嗑藥或是酗酒之類的問題，但她在工作方面確實問題多多。她是我見過最懶惰的臭婊子。每星期兩天，我們上街，到下城行乞。但是因為我媽非常討厭挺直坐立，所以她想要策略性地進行此事，盡量在最短的時間之內討到最多的錢，然後回家大啖斑紋巧克力蛋糕，倚著我們那張破破爛爛、汙漬斑斑的床墊，收看法院仲裁實境秀。（一提到我的童年，我印象最深刻的是種種汙漬。我說不出我媽的眼睛是什麼顏色，但我可以告訴妳粗毛地毯的汙漬是黏糊的深褐色，天花板的汙漬是燒焦的橘紅色，牆壁的汙漬則像宿醉之後排出的尿液一樣鮮黃。）

我媽和我穿上行乞的行頭。她有一件漂亮的棉布洋裝，洋裝褪色，破破爛爛，但是給人一種非常莊重的感覺。她隨便抓一件我已經穿不下的舊衣，幫我套上。我們經常坐在長椅上，搜尋適合行乞的對象。這套詐騙手法一點都不難。首選對象是來自外地的教堂參觀團。本地的教會人士只會把妳打發到教堂，外來的教會人士通常覺得有義務伸出援手，對方若是一個獨眼女士和一個神情悲傷的小孩，他們更是非幫不可。其次是成雙而行的女子。（獨行的女子可以飛快跑開；群行的女子懶得跟妳爭辯該不該給錢。）再下來是一臉單純的單身女子，妳知道的，那種妳可以停下來跟她問路、或是請問她現在幾點鐘的女子，她正是我們行乞的對象。還有留著鬍子或是帶把吉他、看起來年紀尚輕的男孩。絕對不要攔下西裝革履的男士：大家都說這種類型的男人是混帳，聽來陳腔濫調，卻是一點不假。戴著拇指環的男人也碰不得。我不知道為什麼，但是他們從不伸出援手。

我們挑選的那些對象？我們可不把他們視為目標、獵物、或是犧牲者。我們稱他們為「東尼」，因為我爸叫做「東尼」，而他始終無法拒絕任何人（但我猜他最起碼拒絕過我媽一次；當她哀求他留下，他說了「不」。）

一旦攔下一位東尼，妳花兩秒鐘就可以判定如何行乞。有些人喜歡速戰速決，就像碰上了強盜，於是妳一口氣脫口說出：「我們需要錢買東西吃您有一些零錢嗎？」有些人喜歡沉溺於悲慘的遭遇。妳必須跟他們分享一些讓他們覺得略為舒坦的事情，他們才會掏腰包，妳的遭遇愈悲慘，他們愈覺得幫助妳是一件樂事，妳也因而討到更多錢。我可不是責怪他們。這就像是妳到劇院，妳當然希望受到款待，看齣好戲。

我媽在南部偏僻的鄉間長大。她媽媽死於難產；她爸爸栽種黃豆，工作得精疲力盡，閒暇之餘才關照她一下。大學時代，她北上求學，但她爸爸罹患癌症，黃豆田賣給別人，家中入不敷出，她只好休學。她端盤子端了三年，但她生了一個小女孩，小女孩的爸爸一走了之，於是不知不覺之中……她加入貧窮的行列，淪落為需要幫助之人。她覺得相當不光彩……

妳聽得懂吧。那只是故事的開頭。妳可以接著說下去。妳很快就看得出來對方是不是想要聽一段奮發向上、鬥志高昂、靠自己努力而成功的故事，然後我搖身一變，忽然變成一個就讀於某所偏遠學校、獲頒書卷獎的好學生（我成績確實不錯，但在這個場合，真話並非重點），我媽需要汽油錢送我上學（我確實自己轉三趟公車上學）。說不定對方想聽聽制度出了錯，於是我忽然罹患某種曖昧不清的怪病（病名通常出自我媽當時約會的混帳傢伙，比方說塔德—泰晨症候群、葛德瑞—米契爾氏症），令人咋舌的醫藥費耗盡了我們的家產。

我媽害羞，但是懶惰。我上進多了。我精力無窮，而且臉皮很厚。到了十三歲，我一天乞討的金額已經比我媽多出好幾百元，到了十六歲，我已經拋下她、那些汙漬、那部電視（沒錯，還有高中），自己出外闖天下。我每天早上出門，行乞六個鐘頭。我知道跟誰行乞、跟對方糾纏多久，也完全知道該說什麼。我從來不會覺得丟臉。我的所作所為純粹是個交易：妳讓某人感覺舒坦，他們就掏腰包給錢。

所以妳看得出來我為什麼自然而然走上幫人打手槍這一行。

「純真手相館」（別怪我，店名不是我取的）位居市中心西邊的一個時尚地區，店裡的前頭幫人解讀塔羅牌和水晶球，後頭進行隱晦的不法色情勾當。我原本看了廣告過去應徵櫃台小姐，結果所謂的「櫃台小姐」，其實是「應召女郎」。我的老闆韋薇卡以前是個櫃台小姐，現在是個貨真價實的手相師。（但她的真名可不是韋薇卡，而是珍妮弗，但人們不相信一個名叫珍妮弗的小姐會看手相；「珍妮弗小姐」可以建議妳購買哪一雙漂亮的皮鞋、或是逛逛哪一處農夫市集，但她最好不要插手人們的未來。）韋薇卡雇了幾個人在店裡前頭看手相，後頭另設一個小房間，房間看起來像是醫師的診所；衛生紙、消毒殺菌劑、檢查桌，一應俱全。女孩們幫檯燈鋪上絲巾，擺上芳香的乾燥花和鑲了亮片的枕頭，企圖營造出柔美的氣氛——只有嬌滴滴的女孩子才會在乎這些擺設。我的意思是，如果我是個付錢給女孩幫我打手槍的男人，我怎麼可能一邊走進房間、一邊說：「天啊，我好像聞到一點點現烤酥皮捲和肉桂的香味……來，趕快抓住我的命根子！」我會走進房間，幾乎不說話，而我的顧客們大多也是如此。

到店裡讓我們服務的男人相當獨特。（我們店裡只幫客人打手槍，最起碼我是如此——我十八、十九、二十歲之時做了一些傻事，偷了幾次東西，有了被捕的前科，正因如此，所以我絕不可能找到一份像樣的工作，我也沒必要因為賣淫再加上一個罪名。）讓人幫忙手淫的男人跟那些要求口交、或是要妳跟他上床的男人非常不一樣。對一些傢伙而言，讓人幫忙手淫只是帶著誘導色彩的性事。但我有很多一再上門的客人：他們只要我要求我幫他們打手槍，從來不做其他要求。他們認為這樣就不算出軌。說不定他們擔心性病，或是始終鼓不起勇氣做出更多要求。他們通常是緊緊張張、神經兮兮的已婚男子，職位不上不下，大多沒有實權。我不是批評他們，我只是說出我的評估。他們希望妳嫵媚動人，但不風騷。比方說，我平常戴副眼鏡，但在後頭小房間卻不戴，因為眼鏡令人分心——他們會以為妳打算為他們上演「性感圖書館員」的橋段，等著聆聽ZZ Top樂團開始高歌，等得緊張兮兮，卻沒有聽到聲響，然後他們意識到妳根本無意扮演「性感圖書館員」，因而感到困窘，這下他們的注意力無法集中，花了更多時間才達到預期的結果，實非雙方所願。

他們希望妳和藹可親，討人喜歡，但不至於軟弱。他們希望這是一項交易，期望服務導向。因此，你們客氣地閒聊兩句，談談天氣和他們喜歡的球隊。我通常試圖想出某個每次見面都可以重複、而且只有我們聽得懂的笑話——這種笑話已經象徵友誼，我不必做些真正的朋友們應該做的事情，即可營造出一種「哥倆好」的感覺。所以妳說：**我看到草莓盛產囉！或是我們需要一艘更大的船！**（這些真的都是只有我和我客人才聽得懂的笑話）不但打破冷場，他們也不會覺得自己是個混蛋，因為你們是朋友。接下來氣氛對了，感覺來了，妳就可以開始動手。

當人們問我那個大家都會問起的問題：「妳從事哪一行？」我經常回答：「我是客服人員。」這話倒也不假。對我而言，妳若讓很多人露出微笑，當天的工作就稱得上圓滿。我知道這樣聽來不免過於認真，但我說的是真心話。我的意思是，若是可以選擇，我寧願當個圖書館員，但我擔心工作有沒有保障。書本可能只是一時所需；命根子可是天長地久。

問題是我的手腕痛得要命。我還不到三十歲，手腕卻像是八十歲老人家，而且戴著一個跟老年人氣質相稱、非常不性感的護腕。我工作之前脫下護腕，但維可牢尼龍搭扣一拉一扯，噪音相當可觀，男士們聽了略感焦躁。有一天，她到後頭的小房間找我。她相當富態，穿戴許多小珠子，一身輕飄飄的雪紡紗和絲巾，好像一隻大章魚，而且噴了濃郁的香水。她把頭髮染成雞尾酒的顏色，堅稱那是她自然的髮色（**韋薇卡：貧困家庭的么女；頗受呵護，但不至於被慣壞；縱容她賞識的人；看廣告會哭。**我只是這麼猜測。）

「書呆子，妳是千里眼嗎？」她問。她叫我「書呆子」，因為我戴眼鏡、閱讀、吃優格當午餐。其實我不是書呆子；我只是有志成為書蛀蟲。由於當年高中休學，我始終感到缺礙（這個字眼可不骯髒，你可以查查字典。）我持續閱讀，堅持不懈。最起碼我是這麼認為。問題是我缺乏正規教育，因此，我總是感覺我比周遭每一個人聰明，但是如果碰到非常聰明的人——比方說那些受過大學教育、喝紅酒、會講拉丁文的人——他們肯定認為我極度無趣。這樣過日子不免孤單，因此我珍惜「書呆子」這個綽號，希冀將來總有一天，某些非常聰明的人不會認為我極度無趣。問題是：妳怎麼碰到聰明的人？

「千里眼？不，我不是。」

「先知？妳可曾看到靈異幻象？」

「不。」我心想算命全是鬼扯，誠如我媽所言，一點價值都沒有。我媽果真是個來自南方的鄉下人，這點錯不了。＊

＊ 這句的原文為：「I thought the whole fortune-telling crap was *fer the berds*, as my mom would say.」*fer the berds* 其實是 *for the birds*，意思是「毫無價值、荒唐可笑」，作者特意強調南方腔調，表示敘事者的媽媽來自南方偏僻的鄉間。

韋薇卡突然停手，不再把玩其中一顆珠子。

「書呆子，我在想辦法幫妳耶。」

我知道她想幫我。我通常不至於如此遲鈍，但我的手腕痛得要命，痛到讓人分心，滿腦子只想著如何止痛。更何況——我得為自己說兩句——韋薇卡之所以提問，通常只因她想要講話，其實她不在乎妳的回答。

「不管什麼時候碰到什麼人，我通常馬上抓得住對他們的感覺，」我用她那種做作、狡詐的語調說。「我曉得他們是哪一種人、他們想要什麼。他們周圍似乎環繞著色彩，有如一圈光環，而我看得出來。」除了最後幾句話之外，其實我沒騙她。

「妳看到彩光氣場，」她露出微笑。「我就曉得妳看得到。」

我一聽就知道我被調陞到店裡的前頭。我將解讀彩光氣場，這也表示我不需要任何訓練：「他們想聽什麼，妳就跟他們說什麼，這就行了，」

韋薇卡說。「把他們當作女人一樣奉承。」當人們問我：「妳從事哪一行？」我可以回答：「我是通靈專家，」或是「我從事心靈療癒，」其實這也沒錯。

委託我們算命的客人幾乎全是女性，委託我們手淫的客人顯然全是男性，因此，我們把時間掐得分秒不差，經營方式極有效率。店裡面積不大：妳得把一個傢伙帶到後頭的房間，好好安頓他，確定他在女客人被帶進來算命之前達到高潮。當一個女客人跟妳說她的婚姻快要完蛋，妳可不想聽到後頭傳來哼哼嗚嗚的淫聲浪語。妳可以謊稱那是小狗嗚嗚叫，但是這種藉口用過一次就不管用。

妳必須承擔相當的風險，因為韋薇卡的客戶大多是中上階級和中下階級。這兩個階級的人士相當敏感，很容易動氣。如果這些悲傷、富裕的家庭主婦不想讓一個叫做「珍妮弗」的小姐算命，她們肯定信不過一個做到手腕受傷的前任性工作者。表象最重要。這些人可不想降格以求，自貶身價。這些人想盡辦法住入市區，卻覺得自己依然身處郊區。我們店裡的前頭佈置得像是「Pottery Barn」，我跟著走鄉野風，最重要的行頭是波希米亞風的寬鬆罩衫，基本而言，我看起來像是經由「Anthropologie」打點認可的酷藝術家。*

夥同友伴前來的女客人舉止輕佻，衣著時髦，喝得醉醺醺，準備找樂子。獨自前來的女客人卻想要聽從，有意相信。她們絕望迫切，雖有保險，但是保單沒有優渥到支付心理諮商。說不定她們沒有意識到自己絕望迫切到需要心理諮商。我很難同情她們。我試了，因為妳可不願看到妳那位充滿神秘氣氛的算命師一臉不屑地對妳翻白眼。但是啊，得了吧。我的意思是，她們在市區有棟大房子，先生不會對她們動粗，而且幫忙帶小孩，她們不一定上班，但是一定參加讀書會。然而，她們依然不開心。

「但我就是不快樂，」她們講到最後始終是這一句。不快樂通常只是表示妳太閒。我是說真的。我不是一個領有證照的心理醫生，但我知道這表示她們真的太閒。所以我說出「一股強大的熱情即將進駐妳的生命」之類的話語。妳挑一些妳可能讓她們採取行動的事情。妳找出哪些事情能夠激發她們的自尊，比方說輔導孩童、到圖書館擔任義工、幫小狗結紮、響應環保，但妳不一定非得說這是妳的建議，這點非常重要。妳最好把話說得像是警告。「一股強大的熱情即將進駐妳的生命……妳必須非常小心應付，不然的話，妳在乎的一切，都將相形失色。」

我可不是說這一行很容易，但通常不太費事。人們需要熱情。人們需

＊「Pottery Barn」是美國一家傢飾用品店，「Anthropologie」是美國一家服飾店，風格高雅，兼具都會鄉野風情，散發出波西米亞的異國情調，價位偏高，深受中上階級喜愛。

要使命感。當她們找到熱情和使命感，她們就會回來找妳，因為妳正確地預估了她們的未來，這樣不是很好嗎？

蘇珊·柏克不一樣。一看到她，我就覺得她比其他人聰明。四月一個飄雨的早晨，我剛幫一個男客人打了手槍，從後頭的小房間走到前頭。我依然保留幾個我喜歡的老主顧，這會兒剛幫一個性情溫和、傻裡傻氣、自稱名為「麥克·奧德雷」的有錢人服務（我覺得有錢人不會跟我坦承真實姓名，所以我說「自稱名為」。）麥克·奧德雷：**活在運動健將兄長的陰影之下，上了大學才嶄露頭角，非常聰明，但不自誇，每天非得慢跑不可。**我只是這麼猜測。其實我只知道麥克熱愛閱讀。**妳一定得讀一讀這本小說！**他殷殷推薦，真摯急切，好像我們是親密的書友。渴望成為書呆子的我，始終希望心懷同樣的熱情。我們很快就組成私人讀書會。他非常喜歡超自然的靈異經典（**妳畢竟是個靈媒**，他笑笑說），所以那天我們討論

《鬼入侵》一書的寂寞與渴求，他射精，我拿張濕紙巾把手擦乾淨，抓起那本他借給我、我們打算下次討論的《白衣女郎》（「**妳一定得讀一讀這本小說！**這本是經典中的經典。」）

然後我甩甩頭，撥撥頭髮，讓自己看起來比較像個直覺敏銳的算命師，拉平身上那件嬉皮風的罩衫，把小說夾在腋下，跑到前頭的房間。我時間掐得不太精準，遲到了三十七秒。蘇珊．柏克已在等候；她像隻小鳥一樣緊張不安，神情焦慮地抓著我的手握個不停，令我不禁皺起眉頭。我的小說掉到地上，我們同時彎腰撿拾，頭撞到頭，簡直像是無厘頭喜劇「三個活寶」的橋段。妳打算聘用的靈媒怎麼可能是這副德行？*

---

* 《鬼入侵》（*The Haunting of Hill House*）是美國現代小說家雪莉．傑克森（Shirley Jackson）的作品，曾搬上大螢幕，由傑克．尼克遜領銜主演。《白衣女郎》（*The Woman in White*）是英國推理小說之父威爾基．柯林斯（Wilkie Collins）的第五部小說，於一八五九年出版，作曲家韋伯獨鍾柯林斯的《白衣女郎》，於二〇〇四年改編成舞台劇。

我示意她坐下。我裝腔作勢，改換睿智的聲調，請問她為什麼來此。妳問問對方想要什麼，藉此告訴對方他們想要什麼，這一招不但輕而易舉，而且萬無一失。

蘇珊．柏克停頓了幾秒鐘，然後喃喃說道：「我的人生快要崩潰了。」她非常漂亮，卻也極度焦慮不安，妳非得認真看她，才會意識到她有多美。別看她的眼鏡，欣賞一下她那雙令人驚豔的藍眼睛。想像一下她鬆開那頭黯淡的金髮。她顯然相當有錢。她的包包式樣樸拙，風格簡約到絕對極為昂貴。她的洋裝看起來軟趴趴，但是作工精細。其實，洋裝可能並不軟趴趴，而是穿在她身上給人的感覺。聰明但是缺乏原創力，我猜想。迎合大眾。生怕說錯話、或是做錯事。缺乏信心。說不定小時候懼怕爸媽，現在懼怕先生。先生脾氣暴躁——她每天只想是好好熬過一日，別跟任何人起爭執。悲傷。她肯定是個悲傷的客人。

蘇珊．柏克開始啜泣。她哭了大約一分半鐘，我打算給她兩分鐘的時間，然後再打斷她，但她自己停了下來。

「我不知道我為什麼來此，」她說。她從包包裡掏出一條色彩柔和的手帕，但是沒有用來拭淚。「說來瘋狂，但我只是必須知道情況什麼時候才會穩定下來。現在天天每況愈下。」

我沒碰她，只是對她做出我最具安撫效果的表情。「妳的生命中發生了什麼事？」

她擦乾眼淚，瞪了我一秒鐘。眨眨眼睛。「妳不知道嗎？」

然後她微微一笑。啊，她還滿幽默的。這倒是出乎意料。

「好吧，我們怎麼進行？」她問，再度掩飾情緒。她輕輕按摩頸背。

「妳怎麼幫我？」

「我具有直覺，」我說。「妳知道這是什麼意思嗎？」

「妳很會看人。」

「是的，妳說的大致沒錯，但我的能力不止於此，遠比直覺高強。我的種種知覺都派得上用場。我可以感覺人們散發出的振動。我可以看到彩光氣場。我可以聞出絕望、欺瞞、或是沮喪。我從小就具有這種天賦。我媽媽是個非常不快樂、心理不平衡的女人。她的四周圍繞著深藍色的光環。她一靠近我，我的皮膚就噹噹作響——好像某人彈鋼琴似地——她飄散出絕望的氣味，聞起來像是麵包。」

「麵包？」她說。

「那就是她的氣味，一個腐化中的靈魂。」我得另外再挑一種「悲傷女子幽然清香」。發黃的枯葉大概行不通，因為意思太直接、太明顯。說不定某種帶點泥土的味道。菌類？不行，不夠高雅。

「麵包，好奇怪，」她說。

人們通常請問自己的氣場是什麼顏色、或是飄散出什麼氣味，藉此跨出第一步，表示她們願意投入。蘇珊不自在地改變一下坐姿。「我無意冒犯，」她說。「但是……我覺得算命跟我不對味。」

我耐心等她再開口。懷帶同情的沉默是世間最被低估的武器。

「好吧，」蘇珊說。她把頭髮塞到耳後——她戴著鑲著碎鑽的婚戒，碩大的戒指好像銀河一樣閃閃發光——看起來年輕了十歲。我可以想像她小時候的模樣，說不定是個書蛀蟲，漂亮可愛，但是相當害羞。父母要求甚高。始終拿全A。「妳從我身上看出什麼？」

「妳家裡出了問題。」

「我已經跟妳說了。」我可以感覺她散發出絕望與迫切：她真的很想相信我。

「不，妳跟我說妳的人生瀕臨崩潰。我現在說的是妳家裡出了狀況。

妳已婚，我感覺妳跟妳先生的意見相當分歧；我看到妳被圍繞在慘綠的光環中，好像一個變壞的蛋黃，一圈圈亮晃晃的藍綠色在外緣顫動，這表示妳以前過得不錯，現在卻急轉直下，對不對？」

這個猜測顯然不費吹灰之力，但我喜歡我的色彩配置；感覺對極了。

她點點頭，一臉企盼。

「我感覺妳跟我媽媽一樣散發出振動——那種尖銳高亢、好像敲打琴鍵的叮噹聲。妳走投無路，妳非常痛苦。妳失眠。」

提到失眠始終是招險棋，但通常不會白費工夫。一般而言，心情沉重的人睡不好。妳若表示同情他們的睏倦與疲乏，失眠的人通常感激得五體投地。

「不、不，我睡足八小時，」蘇珊說。

「那不是真正的沉睡。妳做了一些亂七八糟的夢。說不定不是惡夢，說不定妳甚至不記得，但是妳醒來之後感覺疲憊痠痛。」

妳瞧，猜錯了也沒關係，妳大多有辦法幫自己解圍。這名女子四十出頭；四十出頭的人們醒來之後通常感到疲憊痠痛。我從廣告上看來的。

「妳把焦慮囤積在頸間。嗯，妳帶著一股牡丹花的氣味。孩子。妳有小孩？」

如果她沒有小孩，我只需接著說：「但妳**想要小孩**。」她可以否認——**我從來沒有想要小孩，根本連想都沒想過**——我大可繼續堅持，她很快就會思索這個問題，因為不想生育的女人絕大多數都心存猶疑。妳很容易在她們心中播下懷疑的種子。但眼前這名女子相當聰明。

「沒錯。嗯，兩個：一個兒子和一個繼子。」

繼子，順著繼子說下去。

「妳家裡出了狀況。是不是妳的繼子？」

她站起來，胡亂翻尋她那作工精細的包包。

「我欠妳多少錢？」

我搞錯了一點。我以為我再也見不到她。但是過了四天，蘇珊．柏克再度上門。（「東西也有彩光氣場嗎？」她問。「比方說物品、或是房子？」）過了三天，她三度造訪。（「妳相信惡靈嗎？妳覺得真有這麼一回事嗎？」）隔天，她又來了。

我對她的觀察大多正確。蠻橫頑固、要求甚高的父母，成績全A，常春藤盟校畢業，商管方面的學位。我問她從事哪一行，她提到人員裁減、組織重整、客戶交疊等等，解釋了半天，當我皺起眉頭，她不耐煩地說：「我界定問題，解決問題。」除了她繼子的問題之外，她跟她先生的關係尚稱良好。柏克一家去年搬進市區，從那時開始，她的繼子就從自擾變成擾人。

「邁爾斯始終不好相處，」她說。「他只知道我這麼一個母親——我從他四歲就跟他爸爸在一起。但他始終冷淡，個性內向。整個人就是木然。我不喜歡這麼說，我的意思是，內向沒什麼不好，但是過去一年來，自從搬家之後……他變了。他變得更有侵略性，怒氣騰騰，非常晦暗，充滿威脅性。我好怕他。」

這孩子十五歲，而且剛剛被迫從郊區搬到他不認識半個人的市區，他原本就是一個古怪、宅男型的孩子，他當然滿肚子怨氣。我若這麼說，說不定有所助益，但我沒說。我反而逮到機會。

我最近始終試圖擴展生意，涉足淨化私人住家的彩光氣場。簡而言之，人們搬進新家之後打電話給妳，妳在屋裡走來走去，焚燒鼠尾草，拋撒鹽粒，而且不停喃喃自語。妳提供全新的開始，驅除前任屋主留下的負面能量。既然近來人們紛紛搬回市中心，遷入歷史悠久的老房子，這個生意似乎前途看好。百年老屋，殘餘的靈氣可多囉。

「蘇珊，妳有沒有考慮過這一點：屋子說不定影響妳兒子的行為？」

蘇珊往前一靠，睜大眼睛。「沒錯！沒錯，我的確想過這一點。聽起來很瘋狂，是嗎？這就是為什麼……為什麼我又回來找妳。因為……上個禮拜，我家的牆上冒出鮮血。」

「鮮血？」

她傾身向前，我可以聞到薄荷糖所掩蓋的酸腐口臭。「我不想多說什麼……我以為妳會覺得我瘋了。但是牆上確實有血。長長的一道，從地上到天花板。我……我瘋了嗎？」

隔天我跟她約在她家碰面。我開著我那部老實可靠的掀背車，一邊駛向她家那條街，一邊心想：**鐵鏽**，而非鮮血。屋頂、或是牆裡滲出某些不明物質。誰知道老房子的建材是什麼？誰知道百年之後可能滲出什麼東西？關鍵在於如何操弄這種狀況。其實我不想涉足驅魔、惡靈等教會人士的鬼扯。我覺得蘇珊也興趣缺缺。但她確實把我請到她的家中，除非有所要求，否則像她這種女人不會邀請像我這種角色到家裡。說不定她想要求個心安。我打算一陣風似地走過「涓流的血跡」，隨便找個解釋，但依然堅持家中需要做個淨化。

而且一再淨化。我們尚未討論費用。十二次，兩千美金，似乎相當公道。均分在一年之中，每個月一次，讓她的繼子有時間自己想清楚，適應新學校和新朋友。然後我成了英雄，蘇珊很快就會把我推薦給她每一位有錢、緊張的朋友。我可以自己當老闆，當人們問我從事哪一行，我可以像個企業家一樣驕傲地說：我自己創業。說不定蘇珊和我會變成朋友。說不定她會邀我參加讀書會。我會坐在壁爐旁，一邊小口小口地品嘗法國布里起司、一邊跟大家說：**我有個小生意，說我是個企業家也沒錯**。我把車停好，走出車外，深深吸一口春天的空氣，感到相當樂觀。

不過話又說回來，我認出蘇珊的屋子。我甚至停下來瞪了兩眼。然後我打了個寒顫。

這棟屋子跟其他屋子不一樣。

它潛伏窺伺。在一長排方方正正的新式建屋之中，它是碩果僅存的維多利亞式建築，說不定正因如此，所以它似乎活力十足，工於心計。正面外牆精雕細琢：石雕的花朵，精緻的花邊，優美的圓柱，迴旋的細紋，可說是棟豪宅。大門兩側各有一座跟真人一樣大小的天使雕像，天使的手臂往前伸展，一臉敬畏，好像被某樣我沒看到的東西迷住了。

我盯著屋子。它透過玻璃窗惡狠狠地回瞪，窗戶極為高聳，孩童甚至可以站在窗台上。果真有個小孩站在窗台上！我可以看到他細瘦的身軀：灰長褲、黑毛衣、脖子上不偏不倚地繫了一條酒紅色的領帶。一簇黑髮遮住他的雙眼。忽然之間，他身子一閃，跳下窗台，消失在厚重的錦緞窗簾之後。

豪宅的台階陡峭漫長。等我爬到最上頭的一階、走過一臉敬畏的天使、站到門口、伸手按電鈴，我的心臟已經砰砰跳。我一邊等人開門，一邊讀讀刻在我腳邊那塊石頭上的碑銘。

卡特胡德莊園

一八九三年完竣

派崔克．卡特胡德

碑銘是龍飛鳳舞的維多利亞式草書體，字字尖細斜長，一道花邊輕飄飄地劃過「Carterhood」兩個圓滾滾的「O」型字母，我看了不禁伸手護住我的小腹。

蘇珊打開大門，雙眼紅通通。

「歡迎來到卡特胡德莊園，」她裝腔作勢，故作隆重地說。她逮到我瞪著她——先前跟她碰面之時，她看起來始終就不怎麼漂亮，但現在她甚至懶得梳理頭髮，而且嘴裡冒出一股酸臭的氣味。（倒不是絕望或是沮喪之氣，而只是口臭和體臭。）她無精打采地聳聳肩。「我終於正式失眠了。」

屋內跟屋外完全不一樣。原有的陳設拆得一乾二淨，現在看起來跟其他有錢人的住家沒什麼兩樣。我的心情馬上稍微振奮。雅緻的嵌燈，大理石流理臺，不鏽鋼廚具，簇新、光滑得不像話的壁板，一面又一面光可鑑人、好像打了玻尿酸的橡木牆板；沒問題，我可以淨化這棟屋子。

「我們先看看那一道滴下來的血水，」我建議。

我們走上二樓。二樓之上還有兩層樓。樓梯井開闊，我抬頭一望，透過樓梯的欄杆，我瞥見一張臉孔從頂樓往下窺視。黑髮，黑眼，臉頰的肌膚有如古董陶瓷娃娃一樣滑潤白皙。邁爾斯。他盯著我，神情凝重，足足盯了一分鐘，然後再度消失。這個孩子的調調跟這棟古宅原本的氛圍倒是十分相稱。

蘇珊取下樓梯口一幅雅緻的畫作，好讓我看看整個牆面。

「這裡、妳看看這裡。」她從天花板指到地板。

我假裝仔細查看，但其實沒什麼好看的。她已經把牆壁刷得乾乾淨淨，我依然聞得到漂白水的味道。

「我可以幫妳，」我說。「我感覺到一股巨大的悲痛，沒錯、就是這裡。整棟屋子都瀰漫著悲痛，但是這裡特別強烈。我可以幫妳。」

「屋子整晚嘎嘎作響，」她說。「我的意思是，幾乎像是發出呻吟。

屋裡每樣東西都是新的，不應該發出這些怪聲。邁爾斯的房門在奇怪的時刻砰地關上。他……他的狀況愈來愈糟。他似乎被某個東西附身，肩負著一團烏黑的陰影，好像小蟲的蟲殼。他像隻金龜子一樣匆促奔逃。我願意搬家，我就是這麼害怕。我不介意搬家，但是我們沒錢，手頭再也不寬裕。我們花了好多錢買下這棟屋子，整修的費用幾乎等於購屋的費用……反正我先生也不會准我搬家。他說邁爾斯只是經歷青春期的一些困擾。他還說我是個神經緊張的笨女人。」

「我可以幫妳，」我說。

「讓我帶妳參觀一下整棟屋子，」她回答。

我們沿著狹長的走廊前進，這棟屋子確實是維多利亞式建築：室內光線不佳，妳一離開窗邊，陰暗隨即湧至，我們一邊往前走，蘇珊一邊開燈。

「邁爾斯把燈關掉，」她說。「我再把燈打開。我叫他別關燈，他假裝不曉得我在說什麼。這是我們的書房，」她說。她打開房門，眼前出現一個寬闊深邃的房間，房裡有個壁爐，還有一整牆的書櫃。

「這是個圖書館，」我驚呼。他們最少擁有一千冊藏書。而且是厚重、令人欽羨、聰明人閱讀的書籍。妳怎麼可以擁有上千冊藏書、卻稱這個房間是「書房」？

我走入房裡，馬上劇烈顫抖。「妳感覺到了嗎？妳有沒有感覺到這裡……格外沉重？」

「我討厭這個房間，」她點點頭。

「我得格外留意這個房間，」我說。我打算一次在這裡待上一小時，什麼都不做，純粹只是閱讀，想看哪一本書，就看哪一本書。

我們回到走廊，這會兒又是一片漆黑，蘇珊嘆了一口氣，動手打開電燈，我可以聽到樓上傳來啪啪的腳步聲，有人在走廊上來回狂奔。我們走過我右手邊一間緊閉的房門，蘇珊敲敲門——**傑克，是我**。有人把椅子推到一旁、窸窸窣窣開鎖，房門一開，另一個小孩站在門邊，他比邁爾斯年輕幾歲，長得像他媽媽。他對蘇珊微微一笑，好像一年沒見到她似地。

「嗨，媽媽，」他說。他伸手抱住她。「我好想妳。」

「這位是傑克，今年九歲，」她說，揉亂他的頭髮。

「媽媽必須跟朋友處理一些事情，」蘇珊邊說、邊蹲到他的視平高度。「把書看完，我等一下幫你做點心。」

「我要鎖門嗎？」傑克問。

「是的，甜心，永遠記得鎖門。」

我們聽著門鎖在身後卡答一響，繼續往前走。

「為什麼鎖門？」

「邁爾斯不喜歡他弟弟。」

她肯定感覺我皺起眉頭：沒有一個青少年喜歡自己的弟弟。

「妳應該看看邁爾斯對他不喜歡的褓姆做出什麼事。醫療費用，這就是為什麼我們現在缺錢的原因之一。」她突然轉身面向我。「我不應該這麼說，那事……不太嚴重，說不定是意外。其實我不清楚。說不定我真的瘋了。」

她的笑聲苦澀。她伸手揉揉一隻眼睛。

我們走到走廊盡頭，這裡又有一扇上了鎖的房門。

「我不介意帶妳參觀邁爾斯的房間，但我沒有鑰匙，」她直說。「更何況我也怕怕的。」

她勉強笑了一聲。我可不相信她笑得出來；她無精打采到甚至擠不出一絲笑容。我們上樓，放眼望去一排房間，房裡貼了壁紙，漆上油漆，隨意擺設雅緻的維多利亞式家具。其中一個房裡只擺了一個貓砂盆。「維爾基的砂盆，」蘇珊說。「我們的貓咪有個專屬的房間吃喝拉撒，實在是全世界最好命的小貓。」

「妳會想出法子利用這個房間。」

「其實他很乖，」她說。「快滿二十歲了。」

我微微一笑，好像這是一件非常有趣的事情。

「我們顯然用不到這麼多房間，」蘇珊說。「我以為我們想要……說不定還會有個……說不定領養，但我絕對不會把另一個小孩帶入這棟屋裡。所以我們反而擁有一個非常昂貴的儲藏庫。我先生確實喜歡他的古董。」我可以想像她先生的模樣：一本正經，自大傲慢，狗眼看人低。這傢伙購買古董，但不是親自選購。說不定委託某個戴著牛角鏡框、優雅大方的女設計師代勞。圖書館那些書說不定也是由她採購。我聽說妳可以這麼做——大批購進書本，把書本改裝成傢飾。人們真笨。我始終無法容忍人們怎麼可能如此愚蠢。

我們繼續往上走。頂樓不過是個寬廣的閣樓，幾個古舊、扁平的行李箱全都沿著牆邊擺設。

「這些行李箱看起來不是很笨拙嗎？」她輕聲說。「他說這種擺設讓家中稍稍具有真正的維多利亞風格。他不喜歡重新裝修。」

這麼說來，這棟屋子始終是個妥協：先生偏好復古，蘇珊喜歡現代風格，他們以為這種「外舊內新」的區隔或許能夠解決歧見，結果夫妻兩人不但不滿意，反而更加憤恨。花了一百萬，兩人都不開心。有錢人真是糟蹋財富。

我們從後頭的樓梯下樓，這裡空間狹隘，令人暈眩，好像小動物的坑穴。走著走著，我們來到一個摩登新穎的廚房，廚房裡到處閃爍著不銹鋼的光澤，令人咋舌。

邁爾斯坐在廚房中島上等候，蘇珊看到他，嚇了一跳。以他的年紀而言，他的個子算是瘦小。臉色蒼白，下巴尖細，黑色的雙眼焦躁地眨動，好像蜘蛛的眼睛。研判，評估。**聰明絕頂，但厭惡上學。我心想。始終覺得大家不重視他——即使得到蘇珊全心關注，他依然覺得不夠。心胸狹隘，惡毒苛薄，自我中心。**

「嗨，媽媽，」他說。他的神情一變，悄悄露出一絲傻氣、燦爛的笑容。「我好想妳，」他說。**本性純良；甜美可愛的傑克。**他正在模仿他那個完美的小弟。邁爾斯走過去擁抱蘇珊，行走之時，他肩膀一沉，擺出傑克那副孩子氣的模樣。他伸出手臂抱住她，緊挨在她的懷裡。蘇珊的眼光飄過他的頭頂，臉頰通紅，雙唇緊閉，好像聞到一股可怕的氣味。邁爾斯抬頭看看她。「妳為什麼不抱抱我？」

她抱一下，很快就鬆手。邁爾斯放開她，好像被燙到似地。

「我聽到妳跟她說了什麼，」他說。「妳提到傑克、褓姆、還有其他每一件事。妳這個賤女人。」

蘇珊猛然一顫。他轉向我。

「我真的希望妳趕快離開，別再回來。我是為妳著想。」他對我們兩人微微一笑。「這是家務事，媽，妳說是不是？」

然後他足蹬厚重的皮鞋，踢踢躂躂走回樓上，他彎腰彎得厲害，走路走得匆忙，果然像是背了一副閃亮、沉重的蟲殼。

蘇珊看著地板，重重吸口氣，抬頭一望。「我希望妳幫幫我。」

「妳先生對這些事情有何看法？」

「我們不談這些事情。邁爾斯是他的小孩，是他帶大的。每次我稍微講幾句重話，他就說我瘋了。他常常說我瘋了。屋子鬧鬼？說不定我真的瘋了。反正他經常出差；他甚至不會知道妳來我們家。」

「我可以幫妳，」我說。「我們很快討論一下費用，好嗎？」

她同意我的費用，但不贊同我的時間表：「我沒辦法花一年的時間等邁爾斯變好；他說不定不到一年就殺了我們。」她突然冒出那種迫切而絕望的笑聲。我同意每星期來一次。

我大多利用白天小孩上學、蘇珊上班的時候過來。我確實「淨化」屋子，意思是我洗洗刷刷。我點燃我的鼠尾草，拋撒我的海鹽。我燒煮我的薰衣草和迷迭香，我把牆壁和地板擦得乾乾淨淨。然後我坐在圖書館裡看一會兒書。我還偷偷摸摸，四處窺視。我找得到無數張傑克的照片，照片中的小男孩咧齒一笑，笑得非常燦爛，我也找得到幾張邁爾斯的舊照，照片中的他噘著嘴，一臉不悅。還有兩張蘇珊的照片，神情看來陰沉，然而，我沒看到任何一張她先生的照片。我覺得蘇珊很可憐。怒氣騰騰的繼子，先生一天到晚不在家，難怪她往壞處想。

但是話又說回來，我也感覺這棟屋子有點不對勁。倒不見得邪惡，而是……警覺。我可以感覺它看著我、研究我，這樣講得通嗎？它朝我逼近。有一天，我在刷地板，霎時之間，我的中指感到割傷的劇痛，好像被人狠狠咬了一口，我馬上抽手，赫然發現自己流了血。我拿起手邊一塊多餘的破布緊緊裹住指頭，看著鮮血滲過紗布。不知怎麼地，我覺得這棟屋子似乎感到竊喜。

我逐漸心生畏懼。我強迫自己抗拒畏懼之情。**編出這一套鬼話的是妳**，我告訴自己，**所以囉，妳省省吧**。

到了第六個星期，有天早上，我在廚房燒煮薰衣草——蘇珊出去上班，孩子們在學校——這時，我忽然感覺背後有人。我一轉身就看到邁爾斯，他身穿學校制服，露出一絲狡詐的笑容，仔細打量我，手裡拿著我那本《豪門幽魂》＊。

「妳喜歡鬼故事？」他微微一笑。

他剛才翻了我的皮包。

「邁爾斯，你為什麼在家？」

「我一直在觀察妳。妳很有意思。妳知道快要出事了，對不對？我滿好奇的。」

他往前移動。我退到一旁。他站到熱騰騰的開水旁邊，臉頰被熱氣蒸得通紅。

「我只是試圖幫忙。」

「但妳也同意？妳感覺到了？一股邪氣？」

「我感覺到了。」

他瞪著那鍋熱水，伸出一隻指頭畫過鍋緣，然後猛然抽手，指頭卻已通紅。他睜著閃閃發亮、有如蜘蛛般的黑眼睛，仔細打量我。

「近看之下，妳跟我想像中不太一樣。我以為妳說不定相當……性感。」他帶著嘲諷的口氣說出「性感」二字，我曉得他的意思：他說的是萬聖節那種塗上亮光唇膏、一頭蓬鬆亂髮、戴著圓圓大耳環的俗麗算命小姐。「妳看起來像個照顧小孩的褓姆。」

我往後退，離他遠一點。他弄傷了前一任褓姆。

「邁爾斯，你在嚇唬我嗎？」

我但願我可以走進爐子，關掉爐火。

「我在試著幫妳，」他冷靜地說。「我不想讓妳跟她相處。如果妳再

---

* The Turn of the Screw，又譯《碧廬冤孽》，美國小說家亨利・詹姆斯一八九八年出版的驚悚鬼故事。

來我們家，妳會沒命。我的話說到這裡為止。但我警告過妳了。」

他掉頭走出房間。一聽到他走上樓梯，我馬上把那鍋滾燙的熱水倒進水槽裡，然後跑到飯廳，抓起我的皮包和鑰匙。我必須離開。我一拿起皮包，一股甜膩、溫熱的臭味頓時竄入鼻孔。他吐在我的皮包裡！我的鑰匙、錢包、手機，全都是他吐出的穢物。我不敢碰那團噁心的東西，更別提拿起我的鑰匙。

蘇珊發瘋似地奪門而入。

「他在家嗎？妳還好嗎？」她說。「學校打電話說邁爾斯始終沒有露面。他肯定從大門走進去，直接從後門溜出來。他不喜歡妳來我們家。他有沒有跟妳說些什麼？」

樓上傳來一聲巨響。有人哀號。我們跑步上樓。走廊天花板的吊燈上懸掛著一個粗拙的小布人，螢光麥克筆畫出小布人的臉，一條紅色絲繩的絞索套在小布人的脖子上。走廊盡頭、邁爾斯的房裡傳出尖叫。**不不不不不不，妳這個賤人，妳這個賤人！**

我們站在門外。

「妳要不要跟他談一談？」我問。

「不要，」她說。

她轉身，含淚走向走廊另一頭，伸手扯下燈飾上的小人，默默盯視。

「我起先以為這個小人是我，」她邊說、邊把小布人遞給我。「但我的頭髮不是褐色。」

「我想是我，」我說。

「成天提心吊膽，好累人，」她喃喃自語。

「我了解。」

「不，妳不了解，」她說。「但妳會的。」

蘇珊回去她房裡。我回頭繼續工作。我發誓我真的繼續工作。我用迷迭香和薰衣草刷洗屋裡每一寸牆壁和地板。邁爾斯和蘇珊在樓上的房間裡尖叫哭泣之時，我在樓下碾碎鼠尾草，急急念誦我那些不清不楚的魔法咒語。然後我把皮包裡的每一樣沾滿穢物的東西倒進廚房水槽裡，打開水龍頭沖洗，直到清洗乾淨為止。

微暗之中，我打開車門，一個上了一層厚厚的蜜粉、臉頰圓潤豐滿的老太太忽然從街尾對著我喊叫。薄霧之中，她匆匆跑過來，小小的臉上帶著微笑。

「我只想謝謝妳為這家人所做的一切，」她說。謝謝妳幫忙小邁爾斯。謝謝妳。」然後她把手指貼在唇上，作勢封口，我還來不及跟她說我百分之百沒做出半件事情幫忙這家人，她已經再度匆匆跑開。

一星期之後，當我在我那棟只有一間臥室、十四本書的小公寓打發時間，我注意到室內冒出某個東西。一道污漬，有如黃褐的潮波漫過我床邊的牆壁。我看在眼裡，想到我媽、我的過去。直至目前為止，我所進行的種種的交易——這個換取那個，那個換取這個——全都沒有意義。一旦交易完成，我的思緒便陷入空白，期待下一筆交易。但是現在不一樣，蘇珊·柏克、她的家人、那棟屋子，全都縈繞在我心頭。

我打開我那部陳舊的筆電，上網搜尋「派崔克·卡特胡德」。筆電呼呼運轉，賣力搜尋，最後終於冒出一篇文章的網站連結，文章的出處是一所大學的英文系，標題為「維多利亞時代的真實犯罪故事：派崔克·卡特胡德一家的驚悚實錄。」

一八九三年間，百貨公司大亨派崔克·卡特胡德偕同嬌妻瑪格麗特和他們的兩個兒子羅勃特與契斯特，遷入位居市中心的華美莊園。

十四歲的羅勃特是個問題少年，非常喜歡欺凌學校的同學和鄰居的寵物。十二歲之時，他焚毀父親的一棟倉房，而且留在現場觀看焦黑的廢墟。他不停糾纏個性沉靜的小弟。到了十四歲，羅勃特顯然已經失控，因此，卡特胡德一家決定將他與外界隔絕。一八九六年，他們把他關進莊園，從此之後，他再也不曾踏出戶外一步。羅勃特被囚禁在陰鬱、華美的莊園裡，情況愈來愈糟。他把他的糞便和嘔吐的穢物塗抹在家人們的物品上。一位育嬰女傭因為不明的燒傷被送到醫院，始終沒有再回到莊園。家中廚師也在一個冬天的早晨奔逃。根據謠傳，她因為一樁「廚房的意外事故」，被燒開的熱水燙成三級燒傷。

沒有人知道一九八九年一月七日的晚上、那棟屋裡究竟發生了什麼事，但是結果以血腥收場，卻是無庸置疑。派崔克．卡特胡德被人發現陳屍在自己的床上，身上被刺了一百一十七刀。瑪格麗特奔跑上樓、逃向閣樓途中被斧頭砍中，人們發現她的屍體時，斧頭依然插在她的背部。年僅十歲的小契斯特淹死在澡缸裡。羅勃特上吊身亡，屍體懸掛在他臥房的一根橫樑上。他顯然為了這個場合而盛裝打扮：他穿上星期天上教堂的藍色西裝，西裝沾滿他爸媽的鮮血，也因溺死他弟弟而濕淋淋。

文章下方是一張卡特胡德的全家福合照。陳舊磨損的照片中，一家四口一臉嚴肅，一身層次豐富、滾上荷葉邊的維多利亞服飾，瞪視前方。男子身材修長，四十多歲，蓄著一簇仔細修剪的山羊鬍，女子容貌秀美，一頭金髮，雙眼非常晶瑩，看起來幾乎雪白。年紀較輕的男孩跟他媽媽一樣一頭金髮，年紀較大的男孩黑髮黑眼，笑意之中略帶促狹，頭微微一斜，一副世故的模樣。邁爾斯！年紀較大的男孩看起來很像邁爾斯。雖非百分之百相似，但本質卻是一模一樣：驕矜自大，目中無人，威脅恫嚇。

邁爾斯。

妳若移除血淋淋的地板和沾滿水漬的磁磚；妳若拆卸羅勃特・卡特胡德上吊的橫樑，敲毀吸納尖叫聲的磚牆，妳就壓得下屋子的氣焰嗎？妳若把屋裡拆得一乾二淨，清除它的五臟六腑，它還能苦苦糾纏嗎？難不成怨氣依然逗留在空中？那天晚上，我夢見一個小人打開通往蘇珊臥房的門，趁她熟睡之時悄悄走過地板，手執一把閃閃發亮、取自她那個百萬頂級廚房的菜刀，冷靜地站在她身旁。房裡飄散著鼠尾草和薰衣草的氣味。

我一直睡到下午，午後雷雨大作，我在一片漆黑之中醒來，我盯著天花板，直到夕陽西下，然後穿好衣服，開車前往卡特胡德莊園。我把那些沒有用的藥草留在家中。

蘇珊噙著淚水開門，屋裡一片陰暗，她蒼白的臉頰更形灼亮。

「妳果真通靈，」她輕聲說。「我剛才正要打電話給妳。情況變得更糟，一發不可收拾，」她說，頹然癱坐到沙發上。

「邁爾斯和傑克在家？」

她點點頭，一隻指頭朝上一比。「昨天晚上，邁爾斯非常冷靜地跟我說他要殺了我們，」她說。「我竟然真的擔心……因為……維爾基……」她又哭了。「老天爺啊。」

貓咪慢吞吞地走進臥室，公貓老態龍鍾，看起來疲憊而懶散。蘇珊指指他。

「妳看看邁爾斯……妳看看他對可憐的維爾基做出什麼好事？」

我再看一眼。貓咪的臀部只剩下一簇亂毛。邁爾斯割斷了貓咪的尾巴。

「蘇珊，妳有筆電嗎？我必須讓妳看看一些東西。」

她帶著我走進圖書館，來到那張肯定是她先生的維多利亞式書桌旁。

她按下一個開關，爐火颼颼亮起。她按下一個按鍵，筆電閃閃啟動。我點出網頁，讓蘇珊看看那篇關於卡特胡德一家的文章，她閱讀之時，我可以感覺她溫暖的鼻息吹拂我的頸際。

我指著照片說：「羅勃特．卡特胡德是否讓妳想起某人？」

蘇珊猛點頭，好像中了邪。「這表示什麼？」

雨點濺打漆黑的窗沿。我渴望一個清朗、蔚藍的好天氣。這棟屋子沉重到令人難以忍受。

「蘇珊，我喜歡妳，而我喜歡的人並不多。我希望妳們一家得到最妥善的協助，但我想我不是適合的人選。」

「妳這話什麼意思？」

「我的意思是，妳需要某人的協助。但我幫不了忙。這棟屋子不太對勁。我覺得妳應該搬家。我不在乎妳先生怎麼說。」

「但是如果我們搬家……邁爾斯依然跟我們住在一起。」
「沒錯。」
「這麼說來……他會變好？如果他離開這棟屋子的話？」
「蘇珊，我不知道。」
「我不明白妳的意思。」
「我的意思是，我不夠格，光是靠我，妳解決不了問題。我辦不到。我認為妳今晚必須離開。找一家旅館，訂兩個房間，鎖上相鄰的房門。然後……我們再想辦法，但我能做的只是當妳的朋友。」
蘇珊一手護住喉嚨，搖搖晃晃地站起來。她推開我，一邊後退，一邊喃喃說著對不起，消失在門外。我耐心等候。我的手腕再度隱隱作痛。我環顧擺滿書籍的房間。沒有人會在這裡幫我開派對。沒有人會把我推薦給那些有錢、緊張的朋友。我毀了我的大好機會；我給了她一個她不想要的答案。但是僅此一次，我覺得自己是個正派的好人，這時我的心情相當舒坦。

我看著蘇珊閃過門口，邁爾斯馬上從後面衝向她。

「蘇珊！」我大叫。我站起來，但鼓不起勇氣走出門外。我聽到喃喃話語聲。可能是急切，可能是憤怒。然後靜了下來。沒有聲響。依然沒有聲響。**出去看看**。但我太害怕，甚至不敢獨自踏入那個漆黑的走廊。

「蘇珊！」

一個折騰他小弟、威脅他繼母的孩子。他冷靜地跟我說我會沒命，而且割斷家中寵物的尾巴。一棟攻擊、操控住戶的屋子。一棟已經見證四個人送命、想要謀害更多人的屋子。**保持冷靜**。走廊依然漆黑。蘇珊不見蹤影。我站著。我邁步走向門口。

邁爾斯忽然從門口冒出來，他身穿學校制服，神情呆板，腰桿挺直，一如往常。他擋住我的出路。

「我已經告訴妳絕對不要再來我們家，妳又來了，而且一再上門，」他說。他講得通情達理，好像正跟一個受到處罰的孩童說話。「妳知道妳會沒命，對不對？」

「邁爾斯，你繼母在哪裡？」我往後退，他走向我，他個子不高，但讓我害怕。「你對蘇珊做出什麼事？」

「妳還是不了解，是嗎？」他說。「我們今天晚上都會沒命。」

「對不起，邁爾斯，我無意惹你生氣。」

他聞言大笑，瞇起眼睛，抬頭一望，顯然非常開心。

「不，妳誤會我的意思。她會**殺了妳**。**蘇珊**打算殺了妳和我。妳瞧瞧這個房間，妳覺得妳之所以來到這裡、純粹是個偶然嗎？妳仔細看看。好好瞧一瞧這些書。」

我已經仔細看過這些書。每次上門清掃，我都看著這些書，真想將之據為己有。我甚至想像為了我和麥克的小型私人讀書會，偷走一、兩本書。

麥克！我最喜歡的老主顧！過去兩年來，我跟麥克一起閱讀的每一本小說，諸如《白衣女郎》、《豪門幽魂》、《鬼入侵》，全部都在這裡。先前看到這些小說時，我曾跟自己道賀——我怎麼如此聰明、讀過這麼多圖書館的藏書？但我不是博覽群書的書呆子；我只是一個走對了圖書館的笨妓女。邁爾斯從桌上扯出一張婚照。夏日的夕陽在新郎和新娘身後緩緩西沉，造成背光效果，兩人好像籠罩在陽光之中。照片版的蘇珊比我認識的蘇珊嬌美動人，而且活力十足。新郎呢？我幾乎認不出他的臉孔，但我絕對認得他的命根子。我已經幫蘇珊的先生打了兩年手槍。

邁爾斯瞇起眼睛看著我，好像一個喜劇演員等著觀眾聽懂他的笑話。

「她打算殺了妳，我相當確定她也打算殺了我，」他說。

「你這話是什麼意思？」

「她正在樓下打一一九。她叫我拖延時間。等到她上樓，她會開槍射殺妳，然後從以下兩套說詞之中，選擇其一告訴警察。第一：妳是個花言巧語的騙子，宣稱自己具有超能力，藉此欺詐那些情緒軟弱、容易受騙的人。妳跟蘇珊說妳可以幫她那個精神不穩定的孩兒，她也信任妳，但妳反而只是來到家中，騙取她的錢財。她當面質問妳，妳暴力相向，基於自衛，她只好開槍射殺妳。」

「我不喜歡這套說詞。另一套說詞呢？」

「其實妳沒有作假。妳真的相信我被這棟屋子的鬼魂糾纏。結果我卻不是中邪，而只是一個普普通通、不喜歡社交的青少年。妳把我逼得太緊。我殺了妳。她和我扭打爭槍，基於自衛，她只好開槍射殺我。」

「她為什麼也打算殺你？」

「她不喜歡我，她始終看我不順眼。我不是她的兒子，她試圖把我送到我媽媽家，但我媽媽完全沒有意願。然後她試圖把我送到寄宿學校，但我爸爸不答應。她絕對希望我一命嗚呼。她就是這種人。她專門解決問題，她就是靠這個謀生。她可不是普通的實際，她的做法相當惡毒。」

「但她似乎非常……」

「膽怯？不，她不膽怯。她想要讓妳覺得她膽怯。其實她是一個美麗、成功的高級主管。她喜歡支配別人。但妳必須覺得妳在剝削某人、妳占了上風。妳覺得我說錯了嗎？妳不就是這樣做生意嗎？操控那些容易受到操控的人？」

我媽和我打扮得可憐兮兮，裝出一副需要同情的模樣，這套把戲我們要了十年，我卻沒看過有誰騙到了我的同情。

「她打算殺我……因為你爸爸？」

「蘇珊．柏克的婚姻原本相當美滿，而妳毀了一切。我爸爸離開她了。」

「我確定幾次……私下的會面不至於導致你爸爸離開她。」

「她相信那就是原因。」

「你爸爸曉得……我在這裡嗎？」

「還不曉得——他真的經常出差。但他一旦知道我們翹辮子、聽到蘇珊的說詞？一旦她跟他說她好害怕、她在他那本《蝴蝶夢》裡偶然發現靈媒的名片、逼不得已求助於靈媒*……妳能想像他多麼愧疚嗎？他小孩死了，因為他想要找人幫他打手槍。他太太被迫保護自己的家庭，甚至動手殺人，因為他找人幫他打手槍。妳能想像他心中的驚恐和愧疚嗎？他這輩子永遠無法彌補她，而這也正如她所願。」

＊《蝴蝶夢》，Rebecca，英國作家莫里哀的名著

「我的名片？她就是藉此找到我？」

「蘇珊發現那張名片，她起先覺得奇怪，相當可疑。我爸爸喜歡鬼故事，但他是全世界頭號懷疑論者——他絕對不會找人看手相。除非……那個女人並非真是手相師。她跟蹤他。她猜出究裡。她約了時間跟妳碰面。然後妳從後頭的房間帶著他那本《白衣女郎》走了進來，她一看就心知肚明。」

「她跟你交心？」

「剛開始我覺得很榮幸，」他說。「後來我意識到她想要分散我的注意力。她跟我提起她打算殺了妳，這樣一來，我才不會意識到我也會一命嗚呼。」

「她為什麼不乾脆找個晚上在巷子裡開槍斃了我？」

「因為這樣一來，我爸就不會感到愧疚。更何況如果有人看到她開槍呢？這可不行。她決定在家裡動手，她在家裡看起來像個受害者，事事水到渠成，再容易也不過。所以她編出那個屋子鬧鬼的故事，把妳騙到家裡。卡特胡德莊園，好嚇人！」

「但是卡特胡德一家？我在網路上讀到他們的事情。」

「卡特胡德一家純屬虛構。我的意思是，說不定他們確實存在，但是他們可不像妳讀到的那樣慘死。」

「我讀到他們的事情！」

「妳之所以讀到他們的事情，因為那些都是她杜撰的。這是網路耶。妳知道製作一個網頁多麼容易嗎？然後妳提供幾個連結連上網頁、讓大家發現它、相信它、把它加進他們自己的網頁，這些都容易的不得了，特別是對像蘇珊之類的人而言。」

「那張照片看起來好像——」

「妳沒去過跳蚤市場嗎？一鞋盒一鞋盒的老照片，一張一塊錢。找到一個長相跟我差不多的男孩並非難事，尤其是妳已有一個願意相信此事的聽眾，比方說像妳這麼一個白癡。」

「滲血的牆壁呢？」

「那只是她的說詞，目的在於營造氣氛。她知道妳喜歡鬼故事，她想要讓妳過來、想要讓妳相信。她喜歡唬弄大家。她想讓妳為她擔心，然後——砰！——妳忽然驚覺自己死到臨頭，而且始終搞錯了什麼才讓人害怕。妳的感覺背叛了妳。」

他對我得意地笑笑。

「誰割斷你家貓咪的尾巴？」

「妳還真笨，維爾基是一隻曼島貓，曼島貓本來就沒有尾巴。我可以在路上回答其他問題嗎？我可不想在這裡等死。」

「你要跟我一起走？」

「我們評估一下：跟妳一起走，或是留在這裡等死。沒錯，我想跟妳一起走。她說不定已經打完電話，這會兒說不定已經站在樓梯底。我已經把防火梯架在我的房間。」

蘇珊的高跟鞋喀喀踏過客廳，走向樓梯。她行進速度相當快，而且大聲叫我。

「拜託帶著我一起走，」他說。「求求妳。等到我爸爸回家就好。拜託，我好害怕。」

「傑克呢？」

「她喜歡傑克。她只想解決我們兩個。」

蘇珊愈走愈快，愈走愈近。

我們爬下防火梯，戲劇性十足。

我們坐進我的車裡，我茫然地開車離開，甚至尚未意識到我打算前往何處。車輛疾駛而過，邁爾斯蒼白的臉頰反射出一盞盞車前燈的燈光，有如陰森的月亮。亮晶晶的雨滴從他的額頭順著臉頰滑落，滾過下顎。

「打電話給你爸爸，」我說。

「我爸爸在非洲。」

雨水滴滴答答打上我的鍍錫鐵皮車頂。蘇珊・柏克真是一個手段高超的騙子！她在我心中灌輸了如此強烈的懼意，讓我如此懼怕這棟屋子，甚至幾乎失去洞察力。現在我想清楚了：一個成功的女人嫁給一個有錢的男人，他們生了一個善良純真、可愛迷人的小寶寶，生活幸福美滿，唯一的問題是那個古怪的繼子。她說邁爾斯始終對她非常冷淡，這點我倒是相信她。我確信她始終沒給邁爾斯好臉色看，我確信她從一開始就試圖擺脫他。蘇珊・柏克這種精明人不會想要扶養一個陰陽怪氣的小孩，更何況小孩不是她親生。蘇珊和麥克的日子還過得去，但是她對邁爾絲的敵意很快就侵擾兩人的關係。他逐漸疏遠她。她的碰觸令他膽寒。他過來找我，而且成了我的常客。藉由那些小說，我們之間多了一些共同之處，這些共同之處不多不少，剛好足以自欺，讓他覺得我們之間彷彿有些感情。他和蘇珊的狀況卻持續惡化，最後他終於搬出家中。他留下邁爾斯，因為他最近一直出國差旅，他打算一回來馬上就做安排。（這純粹是我的猜測，但我認識的那個麥克，爽歪歪的時候格格傻笑，似乎不是那種會拋棄自己小孩的傢伙。）很不幸地，蘇珊發現他的秘密，而且把她婚姻的失敗怪罪於我。像我這種女人為她先生服務，妳想想她會多麼氣惱。這會兒她擺脫不了一個她厭惡的怪小孩和一棟她無法逃脫的屋子。她如何解決問題呢？她開始密謀。她把我誘入其中。邁爾斯試圖用他那種隱晦的方式警告我，他耍我，他嚇我，跟我玩了一會兒把戲。蘇珊語焉不詳地跟鄰居們說東道西——我來此幫忙邁爾斯等等——因此，當真相公諸於世——我曾從事色情行業，現在則是個騙徒——她將顯得可悲、可笑、令人同情，而我將顯得威脅重重。在這種狀況下，行兇謀殺再完美也不過。

邁爾斯轉頭看看我，有如月亮的大餅臉露出微笑。

「妳知道這會兒妳等於是個綁架犯？」他說。

「我想我們得去一趟警察局。」

「我們得去一趟田納西州的查塔諾加，」他說，不知怎麼地，他的口氣帶點不耐煩，好像我有意退出一個由來已久的計畫。「『血柳會』今年在那裡舉行。『血柳會』的會場始終在國外，今年是一九七八年以來、首次在美國舉行。」

「我不知道你在說些什麼。」

「『血柳會』是全世界規模最龐大的超自然博覽會。蘇珊說我不准參加。所以妳得帶我去。我覺得妳應該會想要參加，妳喜歡閱讀靈異小說，不是嗎？從那邊第三個的紅綠燈左轉，妳就可以上高速公路。」

「我不會帶你去查塔諾加。」

「妳最好帶我去。這會兒由我做主。」

「小傢伙，你可真是異想天開。」

「而妳是個小偷兼綁架犯。」

「我才不是呢。」

「剛才蘇珊打一一九，並不是因為她打算殺了妳。」他大笑。「她之所以打一一九，原因在於我跟她說我逮到妳偷東西。妳知道吧，她最近老是遺失珠寶。」他拍拍他休閒西裝外套的口袋。我聽到口袋裡叮叮噹噹的聲響。

「到了這時，她已經回到樓上，發現她那個愛找麻煩的繼子被一個佯裝是算命師的應召女郎綁架。所以囉，接下來幾天，我們最好避避風頭，這樣不成問題，反正『血柳會』星期四才揭幕。」

「你繼母發現了我跟你爸爸的事情，所以想要殺我。」

「妳可以直說**打手槍**，」他說。「我不介意。」

「蘇珊發現了。」

「蘇珊什麼都沒發現。她是一個聰明絕頂的傻瓜。我搞懂的。我經常借閱我爸爸的小說，我發現了妳的名片，我在書頁邊緣的空白處看到妳的筆記。我到妳工作的地方，搞清楚整件事情。蘇珊說的倒不至於完全錯誤：她確實覺得我很怪異。我們搬到這裡之後——我已經跟她說我不想搬家，清清楚楚地表達了我的想法——我開始在屋裡搞鬼。我只想找碴，惹她生氣。我捏造那個網站。沒錯，我捏造了卡特胡德一家的故事。我把她送到妳面前。我只想看看她會不會終於搞懂整件事情，他媽的走人。她沒走。她相信妳那些鬼話。」

「這麼說來，屋裡確實發生一些讓人害怕的事情，蘇珊說的都是真話。你果真威脅殺害你弟弟？」

「與其說我做出這種威脅，還不如說她相信我會做出這種事。」

「你果真把你的褓姆推下樓梯？」

「拜託喔，她自己摔下樓。我不要暴力，我只是腦筋很好。」

「那天你在我的皮包裡嘔吐、在樓上大發脾氣、還把一個洋娃娃懸掛在燈飾上，那是怎麼回事？」

「沒錯，我確實吐在妳的皮包裡，因為妳不聽我的話。妳不肯離開。那個洋娃娃也是我的傑作。還有地板上的剃刀刀尖。我的靈感來自古羅馬的戰事。妳有沒有讀過——」

「沒有。你的尖叫聲？你聽起來非常生氣。」

「喔，我確實很生氣。蘇珊剪了我的信用卡，把卡片留在我桌上。她試圖圍堵我。但妳一出現在家裡，我馬上意識到我找到法子離開那棟狗屁屋子。說真的，我做什麼事情都需要一個大人，比方說開車、訂旅館房間。就我的年齡而言，我個頭太小，我十五歲了，看起來卻像是十二歲。我需要一個像妳這樣的人才有辦法四處走動。我只需讓妳把我帶進妳的車裡，妳就完蛋了，因為妳知道妳不會報警，我猜想像妳這種人肯定有前科。」

邁爾斯沒錯。像我們這種人確實不會報警，百分之百不會，因為結果肯定對我們不利。

「在這裡左轉上高速公路。」

我左轉。

我左思右想，細細盤算，逐漸領會他的說詞。等等，等等。

「等等，蘇珊說你割斷你們家貓咪的尾巴，你卻跟我說那是一隻曼島貓……」

他這才微微一笑。

「哈！講到重點了。好吧，某人跟妳撒謊。我猜妳得決定哪一個說法值得採信。妳想要相信蘇珊是個瘋子、或者我才是個神經病？哪一個說法讓妳感覺比較自在？我起先覺得如果妳認為蘇珊是個神經病，說不定比較理想，因為這樣一來，妳會同情我悽慘的遭遇，我們會交個朋友，成為開車旅行的哥倆好。但我後來想想：如果妳覺得我是邪惡的一方，說不定比較理想。或許這樣一來，妳比較可能搞清楚這會兒由我做主……妳認為呢？」

我們一邊靜靜開車，我一邊衡量我有哪些選擇。

邁爾斯打斷我的思緒。「我真的覺得目前這種狀況是雙贏。如果蘇珊是個神經病，而且想要解決我們兩人，我們倒不如一走了之。」

「你爸爸回家時、她會怎麼跟他說？」

「這就看妳想要採信哪一個說法。」
「你爸爸真的在非洲出差嗎？」
「我覺得妳做決定之時，不需要考慮到我爸爸。」
「好吧，邁爾斯，如果你才是個神經病呢？你媽媽會報警抓我們。」
「把車停在那邊教堂的停車場。」
我瞪著他，上下打量，看看他身上有沒有武器。我可不想變成一具被棄置在教堂停車場的屍體。
「照做就是了，好嗎？」邁爾斯厲聲說道。
我把車慢慢停在教堂的停車場，教堂在公路的入口旁，百葉窗全都拉下。邁爾斯跳出車外，踏入雨中，跑上台階，衝到屋簷下。他從外套裡掏出手機，打了一通電話，他背對著我，對著手機講了幾分鐘，然後用力把手機摔到地上，猛踩幾下，跑回車裡。他帶著春雨的氣味，聞了令人不安。

「嗯，我剛跟我神經緊張的繼母打了電話，我跟她說妳嚇壞了我、我受不了這棟屋子和她種種怪異的行徑——比方說她老是把一些聲名狼藉的人帶到家裡——所以我決定逃家，待在我爸爸那裡。他剛從非洲回來，所以我會待在他那裡。她從不打電話給我爸爸。」

他把手機給摔了，因此，我無法驗證他是否真的打了電話給蘇珊、或者只是又在演戲。

「你打算跟你爸爸怎麼說？」

「我們只要記得一點：當你的爸媽厭惡彼此、始終出差或是忙於工作、而且巴不得你早點從他們的生活中消失，你說什麼都無所謂。你有很多可以發揮的餘地。所以囉，妳真的不必擔心。妳這就開上公路，三小時之後會看到一家汽車旅館，旅館配備有線電視，還有一家餐廳。」

我開上公路。這孩子十五歲就如此聰明，我年紀比他大一倍，心思卻不及他敏捷。想著想著，我逐漸覺得改邪歸正、為他人著想、慈悲行善等等，全都毫無價值。我慢慢覺得這孩子說不定是個好搭檔。這個瘦小的少年需要一個大人陪同遊走世間，對一個行騙天下的女孩而言，一個聰明伶俐、行騙天下的小孩無異是最佳輔助工具。如果人們認為我是一個甜美的小母親，妳想想，我可以逃過多少懲戒、耍出多少騙局？

更何況「血柳會」聽起來真的很酷。

三小時之後，我們開抵汽車旅館，正如邁爾斯先前的預估。我們訂了兩間相鄰的客房。

「好好睡吧，」邁爾斯說。「別在夜裡離開，不然我會再提起綁架。我保證我絕對不會再威脅妳，我不想當個混蛋，但是我們非得去一趟查塔諾加！我發誓我們會玩得非常開心。我不敢相信我真的成行，我從小就想參加！」他興奮地手舞足蹈，亂跳幾步，然後走進他的房間。

這孩子還算討人喜歡。說不定具有反社會人格，但非常可愛。我對他的感覺倒是不錯。我正隨同一個聰明的小孩前往一個大家都想要討論書本的地方，生平第一遭，我總算找到機會離開這裡，而且我還可以使用「甜美小母親」這個全新的花招。我決定不擔心：我說不定永遠都不曉得卡特胡德莊園裡究竟出了什麼事（這句台詞很棒吧？）但我要嘛完蛋，要嘛不至於完蛋，於是我寧可相信自己安然沒事。我這輩子已經說服許多人相信許多事情，但是現在我必須說服自己我做出合理的決定——雖非正派，但是合理。這將是我最艱鉅的工程。

我上床，盯著通往隔壁房間的房門。檢查門鎖，關掉電燈。瞪著天花板。瞪著相鄰的房門。

把五斗櫃拉到房門前面。

根本沒什麼可擔心的。

導讀

本書是《控制》作者吉莉安・弗琳最新懸疑小說，最初是應《冰與火之歌》系列作者喬治・馬丁之邀創作，收錄在集合名家短篇故事的選集《ROGUES》，原名「What Do You DO?」。結果這篇出色的故事竟勇奪二〇一五年美國推理文壇最高榮譽愛倫坡獎，作者稍加改寫後，旋即以單行本出版。

《搞鬼》其實是將一個古典懸疑小說扒了三次皮。表象最重要。

表面上它以鬼屋故事作為包裝，好像古典歌德小說一般，有一棟外觀典雅的莊園華宅，隱約藏匿著不為人知的過去，在它歷史悠久，因採光欠佳而隱晦的陰森氣氛中，住進去的人開始神色恍惚，禍事不斷……在一次次靈異現象中，揭露謎團，及其背後的事件人物與動機。

不過，讀者很快就發現本書故事設定在現代，而且書中酷愛閱讀的主角，特別喜歡讀鬼故事，例如美國小說家亨利．詹姆斯一八九八年出版的名作《碧廬冤孽》。這本「書中書」的出現，等於亮出匕首，點出了作者想要翻轉典範的決心。

《碧廬冤孽》算是文學史上最經典的鬼故事之一，篇幅不長，沒有血腥暴力，也看不到「鬼」。年輕女教師受英俊紳士雇主所託，來到景致美好的英式華宅為雇主一對姪兒授課，卻在房子裡經歷種種怪現象，各種謎團如漩渦般，去檢視女教師的心理狀況，令讀者毛骨悚然……

「中國人怕鬼，西洋人也怕鬼」，亨利．詹姆斯利用這種心結玩弄玄虛，去書寫看不到的邪惡。不但在文學史上奠定地位，更多次被改編成戲劇並搬上大銀幕，最經典包括一九六一年【惡魔附身的小孩】（The

Innocents），以及今年上映的【腥紅山莊】，都是從這本小說改編或變奏而來，甚至史蒂芬金的恐怖經典《鬼店》也是師承此作。旅館裡裡外外無異狀但就是不對勁，有看不見的東西在背後或腦袋裡橫衝直撞。

所以第二層就是吉莉安．弗琳在《搞鬼》這本書裡，建立許多類似《碧廬冤孽》的設定：例如受人所託、前進華宅、撞見靈異、遇見小孩。這些古典鬼故事常見的設計線索，將讀者帶入一種「既視感」的公式氣氛中，準備解構重組。

如此便來到第三層：熟讀鬼故事小說的女主角，怎麼會像《碧廬冤孽》的女主角一樣好欺負呢？不只如此，《搞鬼》的女主角除了酷愛讀書外，可不是「真善美」那樣的好女孩。都什麼年代了，酷女郎和好女孩早就絕種，她沒有學歷家世，不學無術，重點是「副業驚人，手腕高明」，果然一開場就掀開古典禮服大露蕾絲底褲。

雖然如此，吉莉安．弗琳的書寫並非惡俗，長達六百頁的《控制》就展露秀麗的文筆和紮實的結構。這回在《搞鬼》的敘述策略上，故事大意是自稱有通靈體質的女主角被請去鬼屋出魔。全書看似以「卡特胡德莊園」為中心。作者吉莉安．弗琳原則上採用古典派的書寫，讀者與故事主角在同樣的平面，一起接收線索解開故事謎團。相當接近日系推理的本格寫作，例如日本作家綾辻行人的《ANOTHER》，及其一系列被視為「新本格」的殺人館作品。《ANOTHER》以一則校園傳說來興風作浪，最後「多出來的人」並不是鬼，而是「另有其人」。讀者一路讀下去就會發現，並享受被騙的過程。解釋不一定要合理，只要符合邏輯，有時愈離奇愈過癮，讀者甘心受騙就好。

《搞鬼》那棟會滲出血水及使人精神變異的房子，只是作案人設計的詭計，來自書中的十五歲繼子邁爾斯。最初在女主角眼中，一個十五歲的少年，瘦小古怪的宅男。幾個星期互動下來，漸漸發現他竟是個能精神虐待家人、殘忍傷害動物，編寫都市傳說網頁，洋洋灑灑捏造犯罪實錄的大說謊家。

故事最大高潮，就在邁爾斯終於向女主角（及讀者）揭示最重要的線索：書呆子女主角讀過的書。都在邁爾斯家中父親的書架上，那些鬼故事交換的是不可告人的性交易。至此她才總算明白，她已經被鎖定長達兩年。「What do you do?」我知道你背後都在搞什麼（鬼）。

由是觀之，《搞鬼》以「鬼屋」與靈媒作為號召，其實只是假借《碧廬冤孽》這樣古典懸疑故事所作的「變體」。不見血也不見鬼，好像電影【東邪西毒】的名句：「風未動，旗未動，是人心在動。」這正是吉莉安・弗琳能拿下愛倫坡獎的理由，在反覆的陳套中寫出新趣味，結構精巧，在有限篇幅中就謎團提出令人滿意的解答，而且峰迴路轉，而不需要腥風血雨、怪力亂神。

趣味直接來自符合當代的人物設定。書中女主角自稱靈媒，但是幫女客看手相也用手幫男客打手槍。《搞鬼》驚人的開場很快地完成人物塑造，以第一人稱敘述，那種集自我挖苦、嘲諷與雜學於一身的口氣，只為解釋自己「為什麼自然而然走上幫人打手槍這一行」的過程，很快攫取讀者注意力。命運鍛鍊了她的倖存能力，一雙巧手，便能搞事。

邁爾斯也是搞鬼高手，作者初次描寫屋子玻璃窗後登場的邁爾斯，其實並沒有偏離如歌德派小說的古典驚悚，裝神弄鬼之餘，也展露小說技巧：

> 細瘦的身軀，灰長褲黑毛衣脖子上不偏不倚地繫了一條酒紅色的領帶。一簇黑髮遮住他的雙眼。忽然之間，他身子一閃，跳下窗台，消失在厚重的錦緞窗帘之後。

簡而言之，《搞鬼》的表象之下依舊延續了《控制》的優點，勢均力敵的人物對決。沒有道德或利他，都是為了自己。雖然開場女主角已自我揭破，毫不討人喜歡，反而是邁爾斯的早熟與偏執，結合他的繼子身份，讓人又恨又愛。女主角更在一步步進入他的圈套，理清她與柏克一家的恩怨之後，也像母親蘇珊一樣，漸漸受命於他的「控制」，玩這麼大目的只是要帶她帶自己前往被父母禁止參加的超自然博覽會。令人驚喜的是，看似無計可施的女主角，卻也沒有GG，反而倖存者本能立刻激發，甚至能視邁爾斯為「聰明的小孩」，兩個最佳拍檔，一起同行上路。其實兩個主角都是想要出走的可憐之人，以恐懼威脅互相砥礪，也算勵志，彷彿喜劇收尾。

吉莉安．弗琳的《控制》，如今已登上亞馬遜網路書店史上最暢銷的懸疑推理小說冠軍。著有《利器》《暗處》《控制》三部長篇小說，她所創作一系列「女性主角」的心理驚悚小說，大受讀者歡迎。吉莉安．弗琳擅長描寫表面脆弱但內心有陰暗禁地的女性人物，不因體力決勝，而是來自於意志的偏執、算計，聽她們說起自己辛酸敏感的情感經歷，很易搏取共鳴。《控制》特別之處，在於她縝密地塑造了不可相信的敘述者，再將眼前精美如瓷器般的造物痛快地搗毀。也影響後來很多作品如《沉默的妻子》或《列車上的女孩》。

一般認為《控制》的女主角愛咪與作者本身有許多雷同之處。學養俱備，清新可人，但再近一步就流露冷漠，那種矛盾和偏執，不好對付。弗琳從小就博覽群書、文筆出眾，父親是大學電影系所的教授，所以她對於好萊塢以外歐洲或世界經典電影也相當熟悉，如羅曼．波蘭斯基，未踏入文壇前曾在權威媒體《娛樂週刊》撰寫書評及特約撰述。

因此她的作品通常都帶有強烈的畫面及影像感。不過在人物塑造和敘事結構，都與美國主流懸疑小說強調凶殺血案，謀財害命的情節不同。吉莉安·弗琳強調心理，重視細節，喜歡玩心理上的貓捉老鼠。她讓女性反轉成強勢者，最後採開放結局，讓「驅力」重新開機啟動。就像《控制》最後結局一樣：

「我們之間長長久久，高潮迭起，萬分驚恐。」（尼克）

「我沒有其他任何需要補充之處。我只想確定最後發言由我定奪。我認為這是我應得的。」（愛咪）

吉莉安·弗琳果然應驗她曾說《控制》的結局是她認為最完美的結局。《搞鬼》全書最後，以女主角第一人稱敘述收場：

「根本沒什麼可擔心的。」

如果邁爾斯是惡魔附身的小孩呢？反正女主角也不是「真善美」的女老師，而且她都這麼說了，最後的發言我定奪。只是當她將五斗櫃擋在門口，她也就此成為這個鬼屋故事的自囚之徒了。跟各位讀者一樣。本書在獲選亞馬遜書店當月的書評中如此提及：「作者愛玩貓捉老鼠，這個高明故事絕對要讀者回頭再玩過一次。」《搞鬼》在極短的篇幅裡，樓起又樓毀地拆穿一個鬼屋故事，但是兩位男女主角的高潮迭起與萬分驚恐，似乎才正要開始。■完

還有還有。女主角跟《控制》一樣是「不可相信的敘述者」。從她對客人的說辭，對自己身世的解釋，說謊是慣性。邁爾斯也是謊話連篇。《搞鬼》就是兩個說謊家的對決。你說她到底有沒有擔心啊？

藍小說 239

搞鬼

作 者—吉莉安・弗琳
譯 者—施清真
主 編—嘉世強
美術編輯—陳文德
責任企劃—張燕宜、石瑷寧
內文排版—時報文化出版製作部
董 事 長
總 經 理—趙政岷
總 編 輯—余宜芳
出 版 者—時報文化出版企業股份有限公司
10803 台北市和平西路三段二四〇號四樓
發行專線—(〇二)二三〇六—六八四二
讀者服務專線—〇八〇〇—二三一—七〇五・(〇二)二三〇四—七一〇三
讀者服務傳真—(〇二)二三〇四—六八五八
郵撥—一九三四四七二四時報文化出版公司
信箱—台北郵政七九~九九信箱
時報悅讀網—http://www.readingtimes.com.tw
電子郵件信箱—liter@readingtimes.com.tw
法律顧問—理律法律事務所 陳長文律師、李念祖律師
印 刷—勁達印刷有限公司
初版一刷—二〇一五年十一月二十七日
定 價—新台幣一六〇元

國家圖書館出版品預行編目（CIP）資料

搞鬼 / 吉莉安 . 弗琳著 ; 施清真譯 . -- 初版 . -- 臺北市 : 時報文化 , 2015.11
面 ; 公分 . -- (藍小說 ; AIA0239)
譯自 : The grownup

ISBN 978-957-13-6471-1(平裝)

874.57 104024867

THE GROWNUP by Gillian Flynn

This translation published by arrangement with Crown Publishers, an imprint of the Crown Publishing Group, a division of Penguin Random House LLC
Through Andrew Nurnberg Associates International Limited
This title was originally published in the anthology Rogues, edited by George R. R. Martin and Gardner Dozios, by Bantam Books, an imprint of Random House, a division of Penguin Random House LLC in 2014.

ISBN 978-957-13-6471-1
Printed in Taiwan